LA MORT
D'ASDRVBAL,
TRAGEDIE:
DV SIEVR
DE MONTFLEVRY
COMEDIEN DE LA TROVPE
ROYALE.

Y. 5568.
A.

A PARIS,

Chez ANTOINE DE SOMMAVILLE, au
Palais, en la Galerie des Merciers, à l'Ecu de France.

___

M. DC. XXXXVII.
AVEC PRIVILEGE DV ROY.

A HAVT
ET PVISSANT PRINCE

BERNARD DE FOIX,

DVC D'E'PERNON, DE LA VALETE,
& de Candalle, Pair & Colonel General de France,
Cheualier des Ordres du Roy & de la Iarretiere,
Prince & Captal de Buch, Comte de Foix, d'A-
ſtarac, &c. Sire de l'Eſpare, &c. Gouuerneur & Lieu-
tenant General pour le Roy en Guyenne.

ONSEIGNEVR,

Ie paſſerois pour temeraire en vous
preſentant ce fameux Heros, ſi tout Pa-

EPISTRE.

ris n'auoit autant eſtimé ſa repreſenta-
tion qu'il a plaint ſes infortunes: ſa feinte
mort a tiré de veritables larmes des yeux
de toute l'aſsiſtance. Et s'il eſt neceſſaire
de le rendre immortel pour exemter ſes
auditeurs du regret de le voir mourir, il
n'apartient qu'à vous MONSEI-
GNEVR, de faire ce miracle. Si vous
entreprenez ſa protection on verra cre-
uer l'Enuie, & malgré ſa rage vous ferez
durer Aſdubral autant que l'eternité.
Vous eſtes trop genereux pour luy re-
fuſer cette grace: Et voſtre cœur eſt
trop ſenſible à la pitié pour n'eſtre pas
touché de ſes miſeres, toute ſa gloire dé-
pend du fauorable acueil qu'il receura
de voſtre grandeur. Receuez donc,
MONSEIGNEVR, vn Prince qui
prefere l'honneur d'eſtre voſtre eſclaue,

à la qualité de Souuerain , voſtre courage qui fait autant de malheureux que
vous auez d'ennemis protegeant ſon innocence, tous les mortels porteront enuie à ſon bonheur, en auoüant auec veri-
té qu'il luy falloit vn Prince côme vous,
qui ſceuſt vaincre la Fortune pour le
faire triompher de ſes malheurs. L'azy-
le qu'il recherche eſt vne marque de ſa
ſeruitude. Et i'oſe me promettre, Mon-
ſeigneur, qu'eſtant auoüé de vous, il ne
doit plus craindre ſes riuaux , & qu'en
ſoufrant ſes ſoumiſsions vous excuſerez
la paſsion & le zele que i'ay de viure &
de mourir,

MONSEIGNEVR,

Voſtre tres-humble, tres-obeïſſant
& tres-obligé ſeruiteur,
MONTFLEVRY.

PERSONNAGES.

SCIPION,	General d'Armée des Romains.
CATON,	Lieutenant de Scipion.
LELIE,	Lieutenant de Scipiou.
AMILCAR,	Amiral de Carthage.
ASDRVBAL,	Prince de Carthage.
TREBACE,	Capitaine Romain.
SOPHRONIE,	Femme d'Afdrubal.
SOPHONISBE,	Fille d'Afdrubal.
HIANISBE,	Fille d'Afdrubal.
TROVPE	de Soldats Romains.
TROVPE	de Soldats Carthaginois.

La Scene eft dans le Camp de Scipion deuant le Fort de Carthage.

LA MORT
D'ASDRVBAL
TRAGEDIE.

ACTE I.
SCENE PREMIERE.

SCIPION, CATON, LELIE, suite.

SCIPION.

ENFIN *Rome triomphe,* & *les Car-*
thaginois
Dans peu feront contraints d'obeïr à fes
Lois ;
Malgré tous leurs efforts cette Ville fuperbe
Qui s'eflevoit au Ciel, eft lus ba e ue l'herbe.

Carthage n'eſt plus rien qu'vn objet de terreur,
Qu'vn Theatre ſanglãt, qu'vn deſert plein d'horreur.
Ses ruines qui font & ma gloire & ma joye
Semblent repreſenter les ruines de Troye;
Son ſort eſt plus funeſte, & nos exploits guerriers
L'accablant de Ciprés nous charge de Lauriers.
Pourſuiuons-donc, Romains, acheuons la victoire,
Qu'vn nombre de Captifs augmente noſtre gloire,
Attaquons ces vaincus, & portons dans leur fort
Auec l'Aigle Romain, la terreur & la mort.
Auant que le Soleil acheue ſa carriere
Faiſons de cette place vn vaſte cimetiere,
Et traiſnons apres nous ce reſte d'habitans
Qui ne peut reſiſter a tant de combattans.

CATON.

Pourſuiuons, grand Heros, acheuons nos Conqueſtes,
Que la foudre qui tonne eſclatte ſur leurs teſtes.
Aſſeurons par la mort ou la captiuité,
Du Senat & de nous l'entiere liberté,
Le ſort les releuant nous ietteroit à terre,
Ils porteroient chez nous le flambeau de la guerre,
Et le ſeul deſeſpoir s'emparant de leurs cœurs
Peut faire triompher les vaincus des vainqueurs.

LELIE.

Pour eſtre nos vainqueurs, il ſe faut mieux defendre.
Carthage n'eſt plus rien que pouſſiere & que cendre,
Et l'on y void rouler ſur ces funeſtes bors
Dans des torrens de ſang des montagnes de morts.
L'Affriquain deſormais ne peut eſtre contraire,
Pour choquer les Romains c'eſt vn foible aduerſaire.
Prens donc pitié, Seigneur, de ce peuple innocent,
Son crime ſeulement fut d'eſtre trop puiſſant,
Et l'effort de ton bras l'a fait ſi miſerable
Que iamais ſon pouuoir ne le rendra coupable.

SCIPION.

I'appreuue ce conſeil vtile & glorieux,
L'on ne ſçauroit faillir en imitant les Dieux.
Pardonnons, la pitié nous enjoint de le faire;
Mais la prudence auſſi m'ordonne le contraire.
Ne te ſouuient-il plus qu'Annibal autrefois
Fit pâlir le Senat du bruit de ſes exploits ?
Ne te ſouuient-il plus que l'effort de ſes armes
Fiſt couſter aux Romains tant de ſang & de larmes?
Que le Tibre en rougit, & déborda des pleurs
Qu'ils nous faiſoient verſer au fort de nos malheurs.
Hannibal fut ſeize ans à rauager nos terres;
Vn ſiege de trois ans doit-il finir nos guerres ?

Et par quelle raison dois-ie prendre à mercy
Ce peuple qui tousiours fut de crimes noircy?
Qui porte sur son front la couleur de son ame,
Qui par la trahison veut prolonger sa trame,
Qui proche de la mort nous cache son orgueil
Pour pouuoir quelque iour creuser nostre cercueil.

LELIE.

Ie croy que iustement tout ce peuple barbare
Merite de sentir le mal qu'on luy prepare;
Mais puis que de son crime il demande pardon,
Pourroit-on iustement luy refuser ce don?

CATON.

Ouy, Lelie, on le peut, car nostre Republique,
Veut pour sa seureté la ruine d'Affrique.
Il nous faut obeyr à la Loy du Senat
Pour la gloire de Rome & le bien de l'Estat.

LELIE.

Quoy? le Senat veut-il...

CATON.

N'en doute point Lelie.
C'est le souhait commun de toute l'Italie,
Qui veut qu'vn peuple fier gemisse sous nos fers,

Et qu'vn triomphe entier vange nos maux soufferts.

SCIPION.

Chassons donc la pitié, contentons son enuie,
Allons dedans ce fort les priuer de la vie.
Vous Lelie & Caton, donnez l'ordre qu'il faut
Pour se bien preparer à donner cet assaut.

CATON.

Ce genereux dessein qui te comble de gloire
Va grauer tes exploicts au Temple de Memoire,
Ton bras les destruisant pour nostre liberté
Rendra ton nom fameux à la posterité.
Mais quelqu'vn vient icy.

SCENE II.

SCIPION, TREBACE, CATON, LELIE.

SCIPION.

*D**Eclare ton message ?*

TREBACE.

Seigneur, l'Ambassadeur du peuple de Carthage

Desire auoir l'honneur de vous entretenir,
Il attend ici prés.

SCIPION.

         Va le faire venir.
Que dois-je faire ? ô Dieux !

CATON.

        Quoy ? ce grand Capitaine
Qui fait craindre par tout la puissance Romaine,
Qui porte la terreur & la mort auec soy,
Du seul nom des vaincus a-il eu de l'effroy ?
Non, iamais vostre front n'a pâly pour la crainte,
C'est d'vn trait de pitié que vostre ame est attainte.
Mais songez, Scipion, que ce peuple vaincu
Pour le repos de Rome a desia trop vescu,
Qu'on ne peut sans le perdre asseurer sa victoire,
Que le Senat le veut, & que c'est vostre gloire.

SCIPION.

Si la perte de Rome asseure le pouuoir,
Pour le perdre dans peu ie feray mon deuoir.
Ce peuple t'apprendra par son cruel nauffrage
Que la pitié n'a point faict changer mon visage.
Et que si i'ay pâly, c'est seulement de peur
Qu'vn trop long entretien differe son malheur;

Car si l'Ambassadeur… Mais ie le voy paroistre,
Son front triste & confus le fait assez connoistre.

SCENE III.

AMILCAR, SCIPION, CATON, LELIE.

AMILCAR.

G Enereux protecteur de l'Empire Romain,
Qui peut de l'Vniuers le rendre souuerain,
Illustre Conquerant, Capitaine indomptable,
Tu sçais qu'iniustement le malheur nous accable,
Et nous venons nous plaindre à toy-mesme de toy
Pour nous faire raison d'auoir faussé ta foy.
Du moins fais nous sçauoir le sujet qni t'anime,
Auant que de nous perdre apprend nous nostre crime.
Pour éuiter l'effort de tes vaillantes mains
N'auons-nous pas payé le tribut aux Romains?
N'auons-nous pas donné, les yeux baignez de larmes,
Nos femmes, nos enfans, nos vaisseaux & nos Armes,
Nos elephants, nos biens, afin que desormais
Nous eussions auec Rome vne eternelle paix.
Tu nous promis alors que iamais les années

Ne verroient par tes mains trancher nos destinées,
Que pour t'en retourner, tu refendrois les eaux
Quãd Cartage en son port n'auroit plus de vaisseaux,
Et n'ayant plus dequoy pour la pouuoir defendre,
Au mespris de ta foy tu l'as reduite en cendre.
N'est-ce pas là l'effect d'vne iniuste rigueur ?
Et sans crime peux-tu te dire son vainqueur ?
Que n'a-t'elle souffert durant trois ans de guerre
Qu'on la veuë assiegée & par mer, & par terre ?
Pour commencer ses maux les Romains triomphans
Remplissent ses fossez du sang de ses enfans.
Puis pour donner l'assaut ils sappent ses murailles,
L'onde, le feu, le fer, le sang, les funerailles,
Les cachent à nos yeux, & malgré nos efforts
Leurs debris sont couuerts d'vne pille de morts.
Apres ne trouuant plus aucune resistance,
Tes soldats animez d'vne iniuste vengeance,
Sans crainte du respect qu'on doit aux immortels
Du sang des innocens arrousent les Autels ;
Les vns sont estouffez sous le faix de la terre
Qui tombe par l'effort des machines de guerre.
Les autres estonnez ne sçauent où courir,
S'ils euitent le feu, l'onde les fait mourir.
On void de tous costez nos femmes desolées,
Nos soldats égorgez, nos filles violées.
Nos peres dans leurs lits, rencontrent leur tombeau,
Nos malheureux enfans sont meurtris au berceau.

Et dans

Et dans les Temples fainîts les Veftales facrées
Dans les bras de nos Dieux ont efté maffacrées.
Le fang coule par tout, nos Palais démolis
Deffous ces rouges flots font tous enfeuelis.
Le defefpoir, l'enuie, & la mort & la rage
Pouffent fes inhumains pour abifmer Carthage.
Enfin, ce n'eft plus rien que tragique fureur,
Que pleurs, que fang, que morts, que carnage, &
  qu'horreur.
Tandis qu'ils s'amufoient à faccager la Ville
Qui nous feruoit contr'eux de retraite & d'azile.
Les reftes de nos gens par tant de maux toublez.
Courent tous droit au fort pefle-mefle affemblez.
La peur qui les conduit fait augmenter la preffe,
Les vieillards fous les pieds y tombent de foibleffe.
D'autres plus vigoureux qui tafchent d'y voller
Dans la foule emportez font eftouffez en l'air.
De tous nos Citoyens deux ou trois mille à peine
Arriuent dans ce fort fans vigueur, fans haleine,
Et penfoient y treuuer la fin de leurs trauaux,
Croyant qu'on ne peuft rien ajoufter à leurs maux.
Mais ils n'en eurent pas fi toft fermé les portes
Qu'on vid pour le bloquer auancer tes Cohortes,
Afin que fans combat la famine & le temps
Peuffent mettre au tombeau ce refte d'habitans.
Voila, voila, Seigneur, le malheur où nous fommes,
Le Ciel, la mer, la terre & les Dieux & les hommes;

B

Le feu, l'air, & le temps, les enfers & le sort
Pour nous faire perir se sont tous mis d'accord.
Mais en dépit du sort qui nous liure la guerre,
Du feu, de l'air, du temps, de la mer, de la terre,
Des hommes & des Dieux, du Ciel & des Enfers,
Seul tu peux empescher qu'on nous charge de fers.
Pour monstrer ton pouuoir, fais donc finir nos peines,
Employe aux grands exploits tes Legions Romaines,
D'vn peuple infortuné n'accroist point le malheur,
A vaincre des vaincus l'on n'acquiert point d'honeur.
C'est vne lâcheté, lors qu'on veut entreprendre
De battre vn ennemy qui ne se peut defendre.
C'est où nous a reduits l'excez de nos malheurs
Qui ne nous a laissé pour armes que des pleurs.
Par ses armes, Seigneur, & par nostre innocence
Nous voulons arrester l'effect de ta vengeance.
Nous esperons par là de flechir ton courroux,
Et pour t'en supplier i'embrasse tes genoux.

SCIPION.

Ah! c'est trop, leuez-vous, la douleur vous trãspporte,
Ce n'est qu'aux Immortels, qu'on parle de la sorte.
Leuez-vous, & sçachez que Scipion vous plaint,
Qu'il regrette les maux dont ce peuple est attaint,
Et qu'il ne l'auroit point accablé de misere,
S'il n'eust iamais pensé de nous estre contraire.

Mais il a le premier nos Eſtats envahis,
Maſſacré nos ſujets, ravagé nos païs,
Demoly nos Autels, mis nos Palais en flames,
Fait gemir ſous des fers, nos enfans & nos femmes,
Et cette ambition de nous donner la loy
Fit que iuſques dans Rome il donna de l'effroy.
Si nous avons donc fait eſclater cet orage
Qui menaçoit nos murs, ſur les murs de Carthage,
Si pour nous delivrer d'vn iniuſte attentat
Nos armes l'ont reduite en vn funeſte eſtat,
Peut-on avec raiſon nous accuſer d'vn crime?
Son forfait rend-il pas ſa peine legitime?
Ce peuple n'eſt-il pas iuſtement chaſtié?
Qui merite ſon mal, peut-il faire pitié?
Toutefois le Senat luy peut donner ſa grace,
Il doit tout eſperer.

AMILCAR.

Ah! Seigneur, que i'embraſſe.

SCIPION.

Non, non, retirez-vous, Caton vous apprendra
Sur ce poinct important tout ce qu'on reſoudra.

SCENE IV.

SCIPION, CATON, LELIE.

SCIPION.

O Dieux! que mon esprit souffre d'inquietude!
Que ce peuple affligé d'vn traitement si rude
Me cause de tourmens, de remords & d'effroy,
Puis que pour le punir i'ay violé ma foy.
Ouy, ie m'en ressouuiens, malgré moy ie confesse
Que nostre Republique iniustement l'oppresse,
Et que ce malheureux qu'on traite en criminel
Va tacher mon renom, d'vn reproche eternel.

CATON.

D'où vient ce changement? quelle terreur panique
Te faict ainsi parler de nostre Republique?
Quoy? pour auoir ce peuple à ses pieds abattu?
Pour l'auoir surmonté tu blâme sa vertu?
Ce peuple qui luy fut autrefois si funeste,
Qui porta dans son cœur la famine & la peste?

Qui la combla de maux pour se rendre puissant,
Peut-il dans ton esprit passer pour innocent?
Ie sçay que tu promis la paix dedans sa terre
Alors qu'il te donna tous ces vaisseaux de guerre,
Et qu'estant desarmé tu faussas ton serment
Pour donner à son crime vn iuste chastiment.
Mais tu ne pouuois pas t'empescher de le faire.
Car le Senat ivgeant sa perte necessaire
T'enuoya commander par Lelie & par moy
Pour le perdre plutost de violer ta foy.
Crois-tu donc meriter l'infame nom de traistre
Pour auoir bien seruy ta patrie & ton maistre?
Pourroit-on te blasmer pour auoir obey?
Celuy qui veut trahir est iustement trahy.
Il vouloit nous tromper, mais son ame peu fine
A par sa tromperie auancé sa ruine.
Son dessein auortant, le nostre a reüssi.
Chasse donc de ton cœur la crainte & le soucy,
Et fais voir sans pitié tous ses monstres d'Affrique,
Pieds & mains enchaisnez à nostre Republique.

SCIPION.

Il est vray qu'autrefois ce peuple sans raison
Pour perdre les Romains vsa de trahison.
Et que c'est iustement que le Senat l'opprime,
Et qu'il m'a fait punir son crime par vn crime.

Mais qui punit en traiſtre vn laſche criminel,
Peut meſme à l'innocent eſtre traiſtre & cruel.
Qui viole ſa foy pour bien ſeruir ſon maiſtre
N'en merite pas moins l'infame nom de traiſtre.
Et tout homme d'honneur doit ſouffrir le treſpas
Plutoſt que de promettre & de ne tenir pas.

CATON.

Ie ſçay bien qu'on ne peut meriter de la gloire
Quand par la trahiſon, l'on gagne la victoire ;
Et qu'vn homme d'honneur doit ſouffrir le treſpas
Plutoſt que de promettre & de ne tenir pas.
Cependant, Scipion, ta laſche procedure
Va trahir le Senat, & te rendre parjure :
Tu ne peux de ce peuple empeſcher le malheur
Sans offenſer-enſemble & Rome & ton honneur.
Alors qu'on t'honora de ces illuſtres marques
Qui te font en grandeur ſurpaſſer les Monarques.
Tu promis au Senat par les derniers ſermens
Que tu ſuiurois la loy de ſes Commandemens,
Et que pour luy preuuer ton ardeur & ton zele
Tu perdrois ſans pitié tout ce peuple infidele.
Apres qu'à le ſeruir tu te fus engagé
Pour venir en ces lieux il te donna congé.
Vn fauorable vent nous pouſſe en cette terre,
Nous liurons à Cartage vne mortelle guerre.

Et son peuple effrayé par nos sanglants combats
Te demanda la paix, & mit les armes bas.
Il obtint desarmé ta parole pour gage,
Que iamais le Senat ne troubleroit Cartage.
Mais puis qu'auant ce temps tu nous auois promis
De faire sans pitié perir nos ennemis,
Ton esprit maintenant devroit bien reconnoistre
Qu'il les falloit trahir, pour ne pas estre traistre.
Car t'estant obligé d'vn serment solennel,
Pouuois-tu les sauuer sans estre criminel ?
Non, non, grand Scipion, il faut que tu confesses
Qu'il les faut perdre tous pour tenir tes promesses.
Que tu peux sans choquerta gloire & la raison
Faire perir sans crime vn traistre en trahison.
Si ce peuple en ces lieux rencontroit vn refuge,
Ie serois quelque iour ta partie & ton luge.
Tu dois trahir ce peuple, et non pas nous trahir.
Rome te le commande, et tu dois obeïr.

SCIPION.

Puis que Rome le veut, et qu'il est impossible
De la rendre vne fois à la pitié sensible,
Ie n'y resiste plus, il luy faut obeïr.
Ie dois trahir ce peuple, et non pas vous trahir.
Vous Lelie, allez donc auancer nos affaires,
Donnez à nos soldats les ordres necessaires.

Qu'ils ſoient tous preparez pour attaquer le fort,
Pour gagner la victoire ou pour ſouffrir la mort.
Vous ſeuere, Caton, allez, allez apprendre
A tous ces Deputez qu'ils doiuent ſe defendre,
Que leur perte eſt vtile au bien de noſtre Eſtat,
Et qu'ils n'eſperent plus de grace du Senat.

Fin du premier Acte.

ACTE

ACTE II.

SCENE PREMIERE.

SCIPION, ASDRVBAL, CATON,
LELIE.

SCIPION.

 E ne puis, *Asdrubal, sa perte est resoluë,*
Rome l'ordône ainsi de puissance absoluë.
Il faut que malgré-moy ie le fasse perir,
Ie m'y suis obligé.

ASDRVBAL.

Quoy? *ferez-vous mourir*
Tout vn peuple innocent?

C

SCIPION.

O Dieux ! quelle innocence ?
N'a-t'il pas le premier vsé de violence ?
Cannes se souuiendra de ses premiers combats,
Et des hostilitez qu'y firent vos soldats.
L'on vid ce peuple en foule inonder nos riuages,
Et des marques d'horreur dessus tous ces passages,
Quoy ? traiter d'innocent vn si vieux criminel,
Qui conceut contre Rome vn orgueil eternel,
Et dont l'ambition porta dans nostre terre
La famine, la peste, & le fleau de la guerre ?
Il prendra part aux maux que nous auons soufferts,
Il apprendra de nous ce que pesent les fers,
Malgré tous ses efforts, il sçaura ie le iure,
Que Rome tost ou tard sçait vanger vne iniure,
Que c'est choquer les Dieux qu'irriter les Romains,
Et qui portent comme eux la foudre dans les mains.
Toutefois i'ay pitié d'vn si foible aduersaire,
Ie le voudrois sauuer, mais ie ne le puis faire,
Sa perte est mon salut, son salut me perdroit,
Et si ie l'espargnois Rome me puniroit.

ASDRVBAL.

Ouy, le destin de Rome en porte l'auantage,
Son demon a vaincu le demon de Cartage,

Elle luy cede enfin apres tant de trauaux,
Les Romains font défaits de leurs plus gräds riuaux,
Ie puis dire auiourd'huy que Rome eft fans feconde,
Et qu'elle feule a droict fur l'Empire du monde,
S'il eft beau de perir par quelques belles mains,
Cartage a de la gloire en cedant aux Romains.
Et ie porte plus haut, fa defaite & fa gloire
Puis que des Scipions emportent la victoire,
Suis donc ce qu'à prefcrit cette neceßité,
Fais ce que veulent Rome, & la fatalité
Triomphe de ce fort, & le reduis en poudre,
Deffus tous fes ramparts fais defcendre ta foudre,
I'ay pour la diuertir employé mes efforts,
I'ay couuert la campagne & de fang & de morts,
Tu m'as veu, Scipion, fur la riue Affriquaine
Combattre fans paflir, la puiffance Romaine.
Mais ce lafche deftin qui trauerfe mes iours
Fit qu'en tous nos combats tu me vainquis toufiours,
N'ayant pû refifter au bonheur de tes armes,
Comme les impuiffans, ie recourus aux larmes,
Ie creu qu'en m'abaiffant, ie flechirois ton cœur,
Qu'vn vaincu par fes pleurs, döpteroit fon vainqueur,
Et qu'vn langage humain adouciroit vn homme,
Mais tu t'és reueftu des fentimens de Rome;
Elle eft toute barbare en ce qu'elle entreprend,
Et tafche d'opprimer vn peuple qui fe rend.

Ah! que ne puis-ie encor ſuſpendre cet orage,
Et pour quelques momens deſtourner ſon nauffrage,
Mais ie demande au ſort ce qu'il ne peut donner,
Celuy qui nous ſuiuit, nous veut abandonner,
Il nous reſte vn moment : que puis-ie pour Cartage,
Et ſans autre ſecours que pourroit mon courage ?
Ce peuple pour le moins ne me blâmera pas.
Pourroit-il m'imputer de craindre le treſpas ?
Non, non, ie ſçay mourir, ah! mon ame ſe trouble !
Mon déplaiſir s'accroiſt, & ma frayeur redouble.
Que dois-ie faire enfin ?

SCIPION.

Quelles craintes as-tu ?

ASDRVBAL.

Qu'exiges-tu de moy, rigoureuſe vertu ?
Genereux Scipion que ne vois-tu mon ame ?
Ie n'oſe pas.

SCIPION.

Demande.

ASDRVBAL.

Accordes-moy ma femme,
N'exerce point ſur elle vne ſanglante loy,

Et que tout ton couroux n'éclate que sur moy.
Dispense mes enfans d'vn general carnage,
Et sauue ma maison du débris de Cartage ;
Cette seule faueur est tout ce que ie veux,
Et c'est là que i'ay mis le comble de mes vœux ;
I'atelte de nos Dieux la puissance supresme,
Que ie reconnoistray cette faueur extresme.
Ie te vay faire part d'vn important dessein,
Et pretends m'obliger tout le peuple Romain.

SCIPION.

Hé bien ! pour contenter ta genereuse enuie,
Ie leur veux conseruer & l'honneur & la vie ;
Et si ton entreprise a quelques beaux effects
Nous te reconnoistrons par de plus grands bienfaits.

ASDRVBAL.

Si ie pouuois encor defendre ma Prouince,
Ie sçaurois m'acquitter des deuoirs d'vn bon Prince,
Et ie n'encourrois point dedans tous mes païs
Le reproche eternel de les auoir trahis,
Il faut que malgré moy tout ce peuple perisse,
Et ie le voy reduit au bord du precipice.
Que s'il m'estoit permis d'accomplir mes souhaits,
Cet important aduis ne se sçauroit iamais.

SCIPION.

Apprens-moy ce ſecret, ne me fais point attendre.

ASDRVBAL.

Le deſtin l'a conclu, ie ne m'en puis defendre,
Tu ſçauras, Scipion, que ſans aucun effort
Ie te puis à ce iour rendre maiſtre du fort.
En foy de Scipion, reſpons-moy de leur grace,
Sur celle d'Aſdrubal, ie te rends cette place,
Sans perdre aucun des tiens, ie vay perdre en ce iour
Mon peuple pour mõ ſang, & l'honneur pour l'amour.

SCIPION.

Tu peux tout obtenir, Rome eſt reconnoiſſante,
Ses liberalitez vont paſſer ton attente.
Ouy, ie te la promets, tu t'en peux aſſeurer,
Ton ame apres cela n'a rien à deſirer.
Vn amy des Romains ne redoute perſonne,
En ſeruant le Senat tu ſauues ta Couronne,
Mais qui s'en vient à nous auecque tant d'ardeur,
C'eſt Trebace.

SCENE II.

TREBACE, SCIPION, ASDRVBAL.

TREBACE.

IE viens sçauoir de ta grandeur
Si tu veux receuoir vne triste Princesse,
Que le malheur acable, & qu'vn Tiran oppresse,
Elle vient toute en pleurs te demander raison
Des laschetez d'vn Prince & de sa trahison.

SCIPION.

Quoy? d'vne perfidie.

TREBACE.

Et de plus qui te touche.
Ne veux-tu pas, Seigneur, l'apprendre par sa bouche?

SCIPION.

Que l'on la fasse entrer, que ce soit promptement,
Que i'ordonne à ce traistre vn iuste chastiment.

Ie veux que ſes tourmens égalent ſon offence,
Tirer de ce perfide vne haute vengeance,
Et monſtrer cet exemple aux peuples Affriquains,
Que l'equité ſe ioint aux armes des Romains.
La Princeſſe paraiſt.

SCENE III.

SOPHRONIE, SCIPION, ASDRVBAL,

TREBACE.

SOPHRONIE.

　　　　E Mpereur magnanime,
Qui t'acquiers parmy nous vne eternelle eſtime,
Inuincible guerrier dont les fameux exploits
Se ſont faits admirer des peuples & des Rois,
Ie te veux coniurer, illuſtre Capitaine,
Auant que deſcouurir le motif qui m'ameine,
Ny dire qui ie ſuis, de me iurer ta foy,
Que les tiens ſans danger me remettront chez moy,
Que tu me defendras de toute ta puiſſançe,
Contre ceux qui voudroient me faire violence.
I'ay beſoin d'vn azile.

　　　　　　　　SCIPION.

SCIPION.

> Et ie vous le promets,
Ou que pas vn des Dieux ne m'entende iamais.

SOPHRONIE.

Sçache donc, Scipion, que ie suis Affriquaine,
Que i'ay tousiours choqué la puissance Romaine,
Que ie suis Sophronie & du sang d'Hannibal,
Princesse de Cartage & femme d'Asdrubal.
Oüy, ie suis de ce sang, ie sors de ce grand homme
Que Carthage éleua comme le fleau de Rome,
Dont le premier abord fist trembler les Romains,
Et de qui la mort seule arresta les desseins.
Mais c'est trop te celer le sujet qui m'ameine,
Et ce lasche ennemy si digne de ma hayne.
I'ay sceu par Amilcar que mon perfide espoux
Pour seruir les Romains veut s'armer contre nous.
Vn autre m'a depuis la chose confirmée,
L'Escuyer d'Asdrubal a quitté ton armee,
Et d'vn pas diligent est venu dans le fort
Me faire aux yeux de tous ce funeste rapport.
C'est-là de tous mes maux le plus insuportable,
D'auoir pour mon espoux vn Prince si coupable.

D

SCIPION.

Mais que desirez-vous?

SOPHRONIE.

Ie te veux souftenir
Qu'Asdrubal est coupable, & qu'on le doit punir.

ASDRVBAL.

Moy, Madame?

SOPHRONIE.

Toy-mesme infidele & perfide,
Qui sans craindre les Dieux veux faire vn paricide.
Pour nous perdre plutost tu te ioints aux Romains,
Pour creuser nos tombeaux, tu leur preste les mains;
Loin de nous en oster tu nous y fais descendre;
Tu nous veux attaquer, au lieu de nous defendre.
Manques-tu de courage en manquant de bon-heur?
Au moins si tu perds tout, conserue ton honneur.
Perdras-tu sans remors, & sans crainte & sans blâ-
Ton païs, tes sujets, tes enfans & ta femme?   (me
Non ie ne pense pas qu'vn Prince si bien né
A de pareils forfaits se soit abandonné.
Le raport qu'on m'a fait seroit-il vray-semblable?
Et puis-ie presumer que tu sois si coupable?

Pour m'oster tout sujet de crainte & de soucy
Que ie sçache, Asdrubal, ce qui t'ameine icy.

ASDRVBAL.

Le soin de te sauuer, ou de perdre la vie,
Pourras-tu condamner cette louable enuie?
Dieux! par quelles raisons en puis-ie estre blâmé?
Dequoy m'accuse-t'on, que d'auoir trop aimé.
C'est là tout mon forfait, n'est-il pas legitime?
Te preuuer mon amour est-ce commettre vn crime?
I'ay fait iusques-icy d'inutiles projets,
Le sort bien plus que moy delaisse mes sujets,
I'abandonne Cartage, elle-mesme me quitte,
Nous manquons de puissance ainsi que de conduite,
Et dans l'extremité se vouloir secourir,
C'est loin d'en sauuer l'vn, se voir tous deux perir.
Ce n'est que d'vn moment retarder sa defaite.

SOPHRONIE.

La gloire de Carthage en seroit plus parfaite.

ASDRVBAL.

Non, non, il m'est permis de conseruer mon sang,
Et cette trahison n'oste rien à mon rang.
Ie la promis, Madame, & tiendray ma promesse.

SOPHRONIE.

Tu l'as promis perfide , ame double & traiſtreſſe ,
Quoy donc ? tu l'as promis , ton cœur s'eſt abbattu ?
Ah ! laſche , que deuient ta premiere vertu ?
Va , dans ce traiſtre cœur ie ne veux plus de place ,
Si l'amour m'y logea , la trahiſon m'en chaſſe.
Et ce Dieu tout-puiſſant qu'irrite ton forfait,
A deſia dans le mien effacé ton portraiſt.
Tu n'es plus dãs mon cœur, tu n'és plus dãs mon ame,
Tu n'és plus mon eſpoux, ie ne ſuis plus ta femme,
Tes deſirs & les miens ont trop peu de rapport,
Tu cheris les Romains, ie recherche leur mort.
Ton bien eſt expoſé, i'empeſche de le prendre,
Tu quittes tes ſujets, & ie les veux defendre,
Tu trahis tes enfans, ie les veux ſecourir,
Toy tu veux que ie viue, & moy ie veux mourir.

ASDRVBAL.

O Ciel ! que ce diſcours bleſſe mon innocence,
Qui t'aime te trahit, & qui te ſert t'offence,
Tu deſires du mal, à qui te faiſt du bien,
Ie ſauue ton honneur tu veux perdre le mien.
Sophronie, eſt-ce là le fruiſt de mes ſeruices ?

SOPHRONIE.

Cruel, tous tes biensfaits me semblent des supplices ?
Quoy ? l'esclat de ta vie est il donc obscurci ?
Et d'vn crime si grand ton nom est-il noirci ?
Le sainct nœud de l'hymen qui me fist estre tienne
Ioignit en mesme temps ta gloire auec la mienne.
Et par reflexion quand tu fausses ta foy
Vne part de l'affront arriue iusqu'à moy.

ASDRVBAL.

Tousiours dedans mon cœur l'honneur eut vne place,
Ie n'ay veu Scipion que pour auoir ta grace ;
L'excez de mon amour a causé ce forfait,
Et si c'est crime enfin c'est donc toy qui l'as faict.

SOPHRONIE.

Tu veux rendre, Asdrubal, par vne pure fable
Le coupable innocent, & l'innocent coupable ;
Mais mon cœur trop loyal ne peut-estre blâmé,
Si ce n'est seulement pour t'auoir trop aimé.
S'il eust eu moins d'amour pour vne ame infidele,
Ie serois innocente, où ie suis criminelle.
Chacun me peut blâmer auec iuste raison,
Quiconque aime le traistre, aime la trahison.

D iiij

ASDRVBAL.

La trahiſon iamais ne regna dans mon ame.

SOPHRONIE.

Pourquoy trahis-tu donc tes enfans & ta femme?

ASDRVBAL.

Bien loin de les trahir, ie les veux conſeruer.

SOPHRONIE.

En perdant tes ſujets, tu ne nous peux ſauuer.

ASDRVBAL.

Ie puis perdre les vns pour conſeruer les autres.

SOPHRONIE.

Sont-ce là tes déſſeins? ce ne ſont pas les noſtres,
Nous ſuiurons tes ſuiets; le celeſte flambeau
Nous verra mettre enſemble en vn meſme tombeau.

ASDRVBAL.

Quoy? voudrois-tu mourir pour m'epeſcher de viure?

SOPHRONIE.

Tu mourras ſi tu veux, pour moy ie les veux ſuiure.

ASDRVBAL.

Pour courir à la mort m'abandonneras-tu?

SOPHRONIE.

Si tu veux l'empeſcher imite ma vertu.

ASDRVBAL.

Pour la bien pratiquer, que faut-il que ie face?

SOPHRONIE.

Il faut ſuiure des tiens la glorieuſe trace,
Iuſqu'au dernier ſouſpir combattre les Romains,
Et mourir s'il le faut auec ſes propres mains,
Viens rentrer dans le fort tous tes ſoldats t'attendent,
Et d'vne noble ardeur tes ſuiets te demandent.

ASDRVBAL.

Ne nous oppoſons plus à l'arreſt du deſtin,
La grandeur de Carthage incline vers ſa fin,
Que puis-ie accompagné de ces malheureux reſtes.

SOPHRONIE.

Souuent les deſeſpoirs ſont aux vainqueurs funeſtes,
Et tel que l'on ſurmonte ayant repris le cœur,
Fait changer la fortune, & dompte ſon vainqueur,

ASDRVBAL.

Cede enfin , Sophronie.

SOPHRONIE.

      Adieu , ie les vais suiure,
Auecque mes subiets ie veux mourir & viure.

ASDRVBAL.

Que feront nos enfans ?

SOPHRONIE.

      Ils mourront auec moy,
Et tu viuras parjure.

ASDRVBAL.

      Il faut tenir sa foy,
M'arriuent tous les maux & toutes les disgraces.

SOPHRONIE.

Meschant tu sens desia de secrettes menaces,
Tu connois bien ton crime , & tu te sens punir,
Auec quelque frayeur tu preuois l'auenir.
Desia de cent remords ton ame est estonnee.
En vain contr'elle-mesme elle s'est obstinee.
C'est en vain que ton cœur a si bien combattu.

                      Tout

Tout criminel qu'il eſt il ayme la vertu.
Mais vn ſi beau deſir eſt foible dans ton ame,
Et tu ne peux tenter les conſeils de ta femme.
Vis, vis, eſprit timide en de ſi bas projets,
Et te ſoumets au ioug qu'attendent tes ſujets.
Eterniſe ton nom par le dernier des crimes,
Que tes enfans & moy te ſeruent de victimes,
Et mettant en effect tes iniuſtes deſſeins,
Acheue de te perdre en ſeruant les Romains.
Que ta patrie auſſi periſſe par tes armes,
Tu ne me verras point en répandre des larmes;
Tu ne me verras point implorer ton ſecours,
Et ſans aucun regret ie finiray mes iours.
Et toy que la valeur, & la gloire ont fait naiſtre,
Peux-tu preſter l'oreille aux paroles d'vn traiſtre?
Garde-toy, Scipion, de ſuiure ſes conſeils,
Les hommes genereux dedaignent ſes pareils.
Si tu veux ſur ton front porter vne Couronne
Que dans le champ de Mars la gloire te la donne.
Et par de beaux exploits dignes de ta vertu
Fais voir ſous tes lauriers noſtre peuple abattu.
Si nous ne ſuccombons que par la force ouuerte
Ie beniray la main d'où viendra noſtre perte.
Et loin de te blâmer, tant que i'auray de voix
Ie ſçauray publier tes merueilleux exploits.
Pourſuis donc la victoire, anime ton courage,

E

Et pers en conquerant, le reste de Cartage.
Fais-nous donner l'assaut par tes meilleurs soldats,
Que ce soit le dernier de nos sanglants combats.
Et iusques au renom tasche de nous destruire.
Mais commande premier qu'on me vienne conduire.
Apres fais-nous traitter en mortels ennemis.
C'est ce que ie demande, & tu me l'as promis.

SCIPION.

Soldats qu'en seureté l'on remeine Madame
Iusques dedans son fort.

ASDRVBAL.

     O Ciel! que ie reclame,
Fais que ma femme viue ou me priue du iour.

SCIPION.

Il n'appartient qu'à toy de combattre l'amour,
Estant sollicité d'vne telle Princesse;
Tout autre qu'Asdrubal eust manqué de promesse.
Allons donc nous resoudre à ce dernier effort,
Et viens nous descouurir la foiblesse du fort.

ASDRVBAL.

Allons, puis qu'il le faut, l'amour & la nature
Me forcent d'acheuer cette triste aventure.
Fin du second Acte.

ACTE III.

SCENE PREMIERE.

ASDRVBAL, AMILCAR.

ASDRVBAL.

NFIN nous sommes seuls, & tu peux à loisir
    Sans craindre les Romains contenter ton desir.
Ie voy de tous costez, & ne voy rien parestre.
Declare ton secret.

AMILCAR.

          I'obeis à mon Maistre,
Tous vos commandemens me sont autant de Loix,
Vos deux filles, Seigneur, ont emprunté ma voix.

Et leurs cœurs par ma bouche explique leur misere.
Auez-vous despoüillé les sentimens d'vn pere?
Verrez-vous quelque iour les Romains triomphans
Traisner apres leurs chars vos illustres enfans?
Ah! Seigneur, conseruez le seul bien qui vous reste,
Sauuez vos deux enfans d'vn debris si funeste,
Les lyons & les ours loin du bruit & du iour
Conseruent cherement le fruict de leur amour.
Et la Tigresse a bien la genereuse audace
De verser tout son sang pour defendre sa race.
Seriez-vous si cruel de souffrir qu'à vos yeux
L'on egorgeast là vostre en ces barbares lieux?
Et qu'vn iour nos Neueux lisans dans nostre Histoire
Les tragiques effects d'vne action si noire,
Peussent vous reprocher qu'vn Tigre en son courroux
Auroit eu plus d'amour & de pitié que vous?

ASDRVBAL.

O Dieux que ce discours sensiblement me blesse!
Il excite en mon ame vne forte tendresse.
Ie sens dedans mon cœur de si viues douleurs
Qu'il ne me reste plus que l'vsage des pleurs,
L'amour me conseilla d'abandonner les armes,
Et pour sauuer mon sang de recourir aux larmes.
C'est là le seul moyen qui les peut degager,
Et qui les peut soustraire à ce pressant danger.

I'ay ſuiui ce conſeil , il m'eſtoit fauorable ,
I'ay dompté par mes pleurs vn vainqueur indŏptable.
Conſeſſe donc qu'il faut pour finir leurs malheurs,
Plutoſt que de mon bras, ſe ſeruir de mes pleurs.

AMILCAR.

Bien loin de s'en ſeruir , ce procedé les faſche ,
Leurs cœurs n'appreuuent point vne action ſi laſche,
Ils ſont trop genereux pour ne preferer pas
A ces indignes pleurs vn illuſtre treſpas.
Pour conſeruer ton ſang, c'eſt trop peu que des larmes,
Il faut, il faut combattre, & reprendre les armes;
Attaquer les Romains , les faire tous perir ,
C'eſt de cette façon qu'il les faut ſecourir;
Par vn dernier effort ſauue ta renommee,
De noſtre deſeſpoir rempliſſons leur armée:
Combattons noſtre ſort d'vn courage obſtiné ,
Et rendons le malheur à qui nous la donné ,
Ouurons de tous coſtez leurs profondes tranchees,
Faiſons voir ſous nos coups leurs legions fauchees.
Allons oſt . . la palme à l'Aigle des Romains.
Entourons de lauriers & nos fronts, & nos mains.
Par vn dernier combat acheuons cette guerre ,
Et forçons les Romains à regagner leur terre.
Que ſi leur deſtinee empeſche ce bonheur.
Malgré nos ennemis mourons au lict d'honneur.

Leur voulez-vous donner ce superbe auantage
Que d'auoir triomphé du Prince de Carthage,
D'auoir vangé l'affront que leur fit Hannibal,
Et de voir à leurs pieds le vaillant Asdrubal ?

ASDRVBAL.

C'est en vain conseruer vne ame genereuse,
Cartage a succombé, Romme est la plus heureuse,
Cedons il faut ceder ; tu ne peux m'esmouuoir,
Qu'est-ce que le courage ou manque le pouuoir ?
Pouuons-nous resister à la grandeur Romaine ?
Nous ne la suiuons pas, elle-mesme nous traisne,
Et son puissant destin luy promet l'Vniuers
Au poinct que nostre sort nous reserue des fers.
Cartage il faut seruir, Rome t'a fait esclaue,
Et malgré ton orgueil ta riuale te braue.

AMILCAR.

Diferons-donc sa perte.

ASDRVBAL.

Amilcar ie ne puis,
Ie ne puis rien tenter en l'estat où ie suis.

AMILCAR.

Ne me refuse point vne seconde grace.

ASDRVBAL.

Il n'eſt rien, Amilcar, que pour toy ie ne faſſe,
Ie m'offre en ta faueur de prier les Romains.
A celuy qui ſe rend, ils paroiſſent humains.
Te veux-tu garantir?

AMILCAR.

      Ce n'eſt pas mon enuie,
Ie n'ay point le deſſein de conſeruer ma vie.
Mais vos filles, Seigneur, deſirent en ces lieux,
Et ſans aucun peril vous faire leurs adieux.

ASDRVBAL.

I'y conſens, Amilcar, de toute ma puiſſance,
N'oſant pas toutefois en prendre la licence,
Ny ne pouuant de moy ſatisfaire à tes veux,
Ie vais voir les Romains, & prendre l'ordre d'eux.

SCENE II.

ASDRVBAL, SCIPION.

ASDRVBAL.

Mais Scipion paraist, retourne amy fidele,
Asseurer mes enfans de l'ardeur de mon zele,
Ie les verray bien-tost, adieu retire-toy.

SCIPION.

Ie m'estonne, Asdrubal, qu'au mespris de ta foy
Tu t'esloignes de nous pour consulter vn homme,
Qui n'est que trop cogneu dans la ville de Romme.
Vn si long entretien nous doit estre suspect,
Et ton émotion paroist à mon aspect.
Ne meditiez-vous point quelque grande entreprise?

ASDRVBAL.

Scipion, entre nous il n'est point de surprise,
I'obserue exactement ce que vous me tenez,
Et conserue vne foy dont vous vous souuenez.

Main-

Maintenez voftre foy, ie reſpons de la mienne,
Ie tiendray ma parole, & veux qu'on me la tienne.
Quoy? doute-t'on icy de ma fidelité?
Et ſur quelle apparence en auez-vous douté?
Quoy? me reprochez-vous d'auoir trahi Cartage?
Si cette perfidie eſt à voſtre auantage,
Conſiderez que Rome en reçoit du bien-fait.
Approuuez vne cauſe en loüant ſon effect,
Et loin de m'accuſer ſur vne coniecture,
Taſchez de reconnoiſtre vn vtile parjure.
C'eſt le digne ſuccez d'vne infidelité,
Elle nuit à moy ſeul, tous en ont profité.
Attendez, Scipion, que mon peuple me blâme,
Deurois-je eſtre accuſé de vous & de ma femme?
Ce que i'ay fait pour vous me iuſtifie aſſez :
Scipion, ie ſuis Prince, & vous me connoiſſez.

SCIPION.

Ie te crois innocent, mais malgré ma creance
Ie voy que mes ſoupçons ont beaucoup d'apparence,
I'ay pour m'en eſclaircir commandé d'arreſter
Ce perfide eſpion, qui t'eſt venu tenter.
Tu ſçais la diſcipline, & la loy militaire,
Et ce que ſa rigueur me commande de faire.

ASDRVBAL.

Dans quelle extremité me trouuay-je reduit?
Tout deſtruit mes deſſeins, tout m'afflige & me nuit.
Si ie ſauue les miens d'vn eſtat miſerable,
Tous ces meſconnoiſſans me traitent de coupable,
Et ſans que ſes ingrats ayent gouſté mes raiſons,
Ceux pour qui ie les fais blâment mes trahiſons.
Si ie ſers les Romains, on me croit infidele.
Si i'ayme mes ſujets, mon ame eſt criminelle,
Et le Ciel pour me perdre en tel eſtat m'a mis
Que meſme en obligeant ie fais des ennemis.
I'ayme, ie ſuis hay, i'oblige & l'on m'offenſe,
Dieux ſeuls que ie reclame eſpouſez ma defenſe.

SCENE III.

AMILCAR, ASDRVBAL, SCIPION, CATON, LELIE.

ASDRVBAL.

Mais Amilcar paraiſt. La Iuſtice des Cieux
Pour me iuſtifier le rameine en ces lieux.
Vous pouuez maintenant apprendre de luy-meſme
Si nous auons parlé de quelque ſtratageme.

Et quel est le motif qui l'a conduit icy.

SCIPION.

Dy-moy donc ce sujet, oste-moy de soucy,
Tu peux seul nous tirer & de doute & de peine.
Sus donc en peu de mots, declare qui t'ameine,
Dy-nous à quel dessein? par quel ordre & comment,
Tu le vins aborder dans son retranchement.

AMILCAR.

Pour t'oster le soupçon dont ton ame est atteinte,
Je m'en vais te l'aprendre & te parler sans crainte,
Il est vray qu'Asdrubal est coupable en effect.
Rien ne peut égaler l'excez de son forfaict,
Sa trahison merite un supplice exemplaire,
Il combattit pour nous, il fut ton aduersaire,
Et pour toy contre nous, & mesme contre luy,
Il fait tous ses efforts pour nous perdre auiourd'huy,
En vain par mes conseils, i'ay tenté son courage
Pour vanger par ta mort la perte de Cartage,
Et s'il eust eu le cœur de suiure mes desseins
Son bras se fust armé pour perdre les Romains,
Il eust, pour recouurer son honneur & sa perte,
Du sang de tes soldats la campagne couuerte,
Et nos murs entr'ouuerts les drapeaux desployez
A ta deffaite entiere il nous eust employez.

O Dieux ! qu'à ce conſeil ie l'ay treuué rebelle,
Fidele aux ſeuls Romains à nous ſeuls infidele,
Celuy qui nous aidoit s'eſt détaché de nous,
Oüy ce grand deſerteur ne iure que pour vous,
Et i'ay bien reconnu qu'il m'eſtoit impoſſible,
D'obtenir qu'à l'honneur, ce Prince fuſt ſenſible,
Ne pouuant donc changer ſa reſolution,
Ie l'ay voulu toucher par ſon affection,
Et le forcer à voir deux filles genereuſes
Que ces laſches projets vont rendre malheureuſes,
Alors il m'a promis qu'il feroit ſon pouuoir
Pour obtenir de toy le bien de les reuoir.
C'eſt là ce grand deſſein cette affaire importante,
Qui me la fait chercher iuſques dedans ſa tente.

SCIPION.

Mais que ie ſçache encor par quel ſubtil moyen
Tu vins dans noſtre camp, ne me déguiſe rien.

AMILCAR.

Vn ſoldat, ou pluſtoſt vn monſtre de l'Affrique
Qui deuoit ſa fortune à noſtre Republique,
Effrayé de nous voir ſi proche de la mort,
Vouloit pour ſe ſauuer te liurer noſtre fort.
Pour t'en donner auis ce laſche mercenaire
Qui de ſa perfidie à receu le ſalaire,

S'en vint dedans ton camp en faueur de la nuict,
Et pour s'en retourner il eut vn fauf-conduit,
Par lequel tu faifois cette expreffe defenfe,
Qu'aucun de l'arrefter ne prenne la licence,
Il eft de nos amys & n'a point de deffein
Que d'agrandir l'eftat de l'Empire Romain.
Il reuenoit au fort quand vne fentinelle
Dans l'ombre de la nuict reconnut le rebelle,
Et l'ayant foupçonné de venir deuers toy,
Il l'arrefte, le prend, & l'ameine vers moy,
I'interroge le traiftre, il ne fçait que refpondre.
L'eftat où l'on le treuue a dequoy le confondre.
L'on le foüille, & l'on treuue enfin le paffeport,
Surquoy ie prononçay fa Sentence de mort.
Mais defirant vanger ma patrie opprimee,
Et m'eftant tres-aifé d'entrer dans ton armee,
Auec ce fauf conduit, ie formay le deffein
De te venir plonger vn poignard dans le fein,
Et fi l'occafion m'euft efté fauorable
La perte de ta vie eftoit indubitable.

SCIPION.

Des difcours fi hardis à tout autre qu'à moy
Pourroient mettre en fon ame & la haine & l'effroy.
Mais ie te veux donner vne preuue certaine
Que la miëne eft toufiours fans frayeur & fans haine.

Ouy, contre ton eſpoir ie vais te le preuuer,
Tu ſouhaite ma perte, & ie te veux ſauuer.
Vn courage ſi grand merite qu'on l'eſtime,
Ordonnant ton treſpas, ie croirois faire vn crime,
Et témoigner à tous que i'aurois de l'effroy
Si ie faiſois perir vn homme comme toy.
Mais comment Aſdrubal pourrions-nous reconnoiſtre
Cette fidelité que tu nous fais pareſtre ?
Diſpoſe maintenant de mon peu de pouuoir.
Fais venir tes enfans ſi tu les veux reuoir.
Que dans ce meſme lieu l'vn & l'autre t'embraſſe.
Ta generoſité merite cette grace.
Amilcar de ce pas va les faire venir,
Ie te laiſſe tout ſeul pour les entretenir.

SCENE IV.

ASDRVBAL ſeul.

MAlheureux que ie ſuis, quel crime ay-ie pû faire?
　Et par quelles raiſons le Ciel m'eſt-il contraire?
Suis-ie auſſi criminel que ie ſuis malheureux ?
Eſt-il quelque deſtin qui ſoit plus rigoureux ?
Ie naſquis ſouuerain, & ie me vois eſclaue,
Par vn ſurcroiſt de maux mon ennemy me braue,
Et quand le ſort m'arrache vn Sceptre de la main,

Il le va preſenter à celle d'vn Romain.

Que n'ay-ie le plaiſir d'en enrichir vn autre?

Mais il n'eſt pas a moy, grãds Dieux il eſtoit voſtre!

Ie ne murmure point contre vn ſi iuſte arreſt,

Vous le pouuez donner à celuy qui vous plaiſt.

Senat imperieux qui n'aimes que la guerre,

Et dont l'orgueil pourſuit l'Empire de la terre,

T'eſtant fait abſolu tu pourras bien ſeruir,

Comme tu volles tout, l'on te peut tout rauir.

Ie me voy dépoüillé des droits de ma Couronne,

A peine en ce débris ſauuay-ie ma perſonne.

Je poſſedois beaucoup, Rome m'a tout oſté,

Subiets, amis, parens, richeſſe, liberté,

Si ſon ambition n'eſtoit pas aſſouuie,

Il ne me reſte plus que le nom & la vie,

Qu'elle me priue encor de ces deux ornemens,

Et qu'elle mette fin à mes contentemens.

Auſſi puis-ie gouſter quelque peu d'allegreſſe?

Et pourray-ie adoucir vne longue triſteſſe,

Ce grand nom d'Aſdrubal n'eſt-il pas obſcurcy?

Et de mes lâchetez, ne l'ay-ie point noircy?

Quoy? puis-ie conſeruer quelque moment de vie?

Et ma vie & mon nom ſont-ils dignes d'enuie?

Ah! perdons l'vn & l'autre, & la vie & le nom.

Il faut ceſſer de viure & mourir ſans renom.

Ie ne me puis plus voir que d'vn œil de colere.

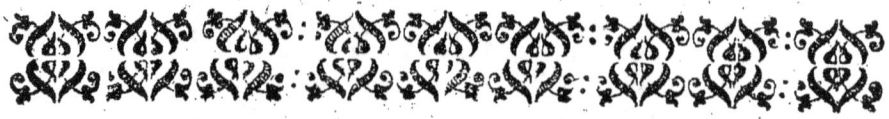

SCENE V.

ASDRVBAL, SOPHONISBE', HIANISBE',
ASDRVBAL.

Ais voici mes enfans, embraſſez voſtre pere,
Venez pour ſoulager nos communes douleurs,
Meſler entre mes bras vos larmes à mes pleurs.

SOPHONISBE'.

O Dieux! m'eſt-il permis de vous reuoir encore?
Puis-ie ici careſſer vn pere que i'honore?

HIANISBE'.

Apres cet entretien que puis-ie ſouhaiter?

SOPHONISBE'.

Ah Seigneur! laſſez-vous de nous perſecuter,
Conſiderez vos coups, de quelles mains ils ſortent
Et iuſqu'à quel excez vos cruautez les portent.
O mort nous t'attendons! tu vois ſi ie fremis,
Sors, ſors quand tu voudras du camp des ennemis,
C'eſt ſeulement par vous que la mort nous eſtonne.
Nous

Nous ne la voulons pas du bras qui nous la donne.
Quoy, contre ses enfans vn frere soit armé,
Peut-il abandonner ce qu'il a tant aimé?
De ses propres enfans sera-il l'homicide?
Qu'il s'espargne Seigneur, vn si grand paricide,
Cherchant vne autre main qui les fassent perir,
Il sauuera sa gloire en les voyant mourir:
Il sera satisfait & sans estre coûpable.

ASDRVBAL.

Ah ma fille!

SOPHONISBE.

Ah Seigneur, estes vous pardonnable?
Et quelle est la raison qui vous peut obliger,
A prendre le party d'vn perfide estranger?

ASDRVBAL.

Que dois-je deuenir & que dois-je resoudre?
Ie suis des deux costez menacé de la foudre:
Et par tout où ie vais mon malheur me poursuit,
L'offence qui me sert, & ie sers qui me nuit.
Dans ces extremitez quel conseil dois-je prendre?
Ie trahis les Romains si ie vous veux defendre.
La nature & l'amour ont beaucoup de pouuoir;
Mais l'honneur me deffend de faire mon deuoir.

G

Scipion nous perdra, quelque effort que ie fasse,
Taschons de vous sauuer en implorant sa grace,
Il est trop genereux pour nous la refuser.

HIANISBE'.

Moy, i'ay le cœur trop bon pour en vouloir vser,
Si i'allois demander du secours à quelque autre,
I'ofenserois ma gloire & trahirois la vostre.
Seigneur, C'est à vous seul qu'apartient cét honneur,
C'est seulement de vous que i'attens mon bonheur:
Enfin à vos desirs i'abandonne ma teste,
Si ma perte vous plaist m'y voilà toute preste.
Vous pouuez comme estant l'arbitre de mon sort,
Me conseruer la vie ou m'ordonner la mort.

ASDRVBAL.

En l'estat où ie suis quand i'aurois cette enuie,
Ie ne vous puis donner ny la mort ny la vie.
Mon amour me deffend de vous faire mourir,
Et toute ma valeur ne vous peut secourir;
Mes filles, vostre sort est dans la main d'vn autre:
C'est de luy que depend
                    SOPHONISBE'.
                        Non, il est dans la nostre?
Et si vostre valeur ne nous peut secourir,
Nous sçaurons bien treuuer les moyens de mourir,

Vostre amour est iniuste autant qu'on le peut croire,
De vouloir que l'on viue aux despens de sa gloire.

ASDRVBAL.

Mes filles, vostre perte abregeroit mes iours,
C'est vne impieté d'en retrancher le cours :
Ie vous crois toutes deux d'vne ame trop bien née
Pour arracher la vie à qui vous l'a donnée.
Et si vostre raison ne tasche à vos trahir,
Elle vous apprendra qu'il me faut obeyr.
Ne vous emportés point à quelque violence,
Monstrez moy vostre amour par vostre obeissance :
Faites reflexion sur ce que ie vous suis,
Et sur ce que ie veux, & sur ce que ie puis.

HIANISBE.

Nous sçauons bien Seigneur, quelle est vostre personne,
Et quel pouuoir sur nous la nature vous donne,
Nous la considerons, nous reuerons ses lois.
Et ie sçay m'acquiter de ce que ie vous dois.
Ie sçay iusqu'où s'estend le droit de la naissance,
Que vous auez sur nous vne entiere puissance,
Et que le plus grand bien qui nous peut auenir,
C'est d'auoir eu l'honneur de vous appartenir.

Mais auant que me voir en triomphe traisnée,
Et par vn Scipion insolemment menée:
Auant que leur Senat nous impose des lois,
Ie me veux dispenser de ce que ie vous dois.
Rome n'aura iamais ce superbe auantage,
D'auoir veu vos enfans mourir dans l'esclauage.
Nous sçaurons conseruer l'honneur de nostre rang,
Et ne point obscurcir l'esclat de nostre sang,
Ie n'asquis libre enfin , & ie mourray de mesme.

ASDRVBAL.

Quoy, vous-défiez vous de quelque stratagesme ?
Rome sçait obseruer tout ce qu'elle a promis :
Et traite auec douceur tous ceux qu'elle a soûmis.

SOPHONISBE'.

Tesmoin ce traitement qu'elle a fait à Carthage,
Où l'auenir verra des marques de sa rage.

ASDRVBAL.

Le Ciel fasse de moy ce qu'il a resolu:
Ie veux aueuglement tout ce qu'il a voulu,
Quand i'y deurois finir ma triste destinée,
Ie tiendray ma parole aprés l'auoir donnée:
Ne nous opposons plus à la fatalité;
C'est moins moy qui le veut que la necessité.

En vain par cent combats i'ay choqué sa puiſſance,
Sa valeur m'a contraint d'implorer sa clemence.
Que ſi Rome a deſſein de me faire perir,
Tout l'Vniuers armé ne me peut ſecourir.

HIANISBE'.

Puis que l'amour du ſang, ny la crainte du blâme,
Ne peuuent arracher le deſſein de voſtre ame :
Et vous aimez mieux voſtre captiuité,
Que d'expoſer vos iours pour noſtre liberté.
Il faut, il faut Seigneur, que nous ceſſions de viure,
Nous preferons la mort au deſir de vous ſuiure.
Mais nous perdons le temps en diſcours ſuperflus,
Adieu Seigneur, Adieu, ie ne vous verray plus.

SOPHONISBE'.

Puis que vous nous laiſſez, il faut que ie vous quite,
La voix de la nature en vain me ſollicite :
Ie doy pour mon honneur marcher deſſus ſes pas ;
Et comme elle, chercher vn glorieux treſpas.
Mais auant que partir, permetez que i'embraſſe,
L'auteur de noſtre vie & de noſtre diſgrace :
L'excez de ma douleur me dérobe la voix,
Ie n'en puis plus, Adieu pour la derniere fois.

ASDRVBAL.

Pour la derniere fois, Ah paroles sensibles !
Et de nouueaux malheurs tesmoignages visibles ;
Mais laissons faire au Ciel, & sans plus discourir,
Allons prendre leur fort, les sauuer, ou mourir.

Fin du troisiesme Acte.

ACTE IV.

SCENE PREMIERE.

SOPHRONIE, SOPHONISBE.

SOPHRONIE.

*I*L a fermé l'oreille aux cris de la Natu-
re,
Il trauaille luy-mesme à nostre sepul-
ture,
Il viole l'honneur qu'il doit rendre à son rang,
Il ne veut escouter ny l'amour ny le sang,
Ce cruel transporté d'vne aueugle furie,
Expose ses enfans, sa femme & sa patrie,
Et par vn desespoir qui le meine au trespas
Il tasche à conseruer ce qu'il ne deffend pas.
Il retourne luy-mesme au malheur qu'il euite,
Loin de s'en esloigner l'ingrat se precipite.

En desdaignant la main qui le veut secourir,
Il caresse le bras qui le fera mourir.
Son esprit l'abandonne en ce peril extresme
En seruant Scipion il se trahit soy-mesme.
Mon honneur empeschant de si lasches desseins,
Allons, allons rauir cette teste aux Romains.
Ce poignard, quel effort a dissipé ma rage,
Quelle indigne foiblesse a saisi mon courage?
Reglons nous ma colere à la fureur d'autruy,
Il agit en barbare, agissons comme luy.
Toute preste à fraper, redouble toy ma haine,
Dieux! si proche du coup que mon audace est vaine.
Allons, entreprenons, mon couroux où vas-tu?
Tes cruels mouuemens effacent ma vertu.
Quoy qu'il me face horeur, il m'est encore aimable
Que ie meure innocente & qu'il viue coupable.
Mais son crime reuient dedans mon souuenir,
Il me force de viure afin de le punir:
C'en est fait, il le faut, sa perte est necessaire,
Arreste encore mon cœur, tu n'es qu'un temeraire,
Et si par desespoir tu tente le combat,
Dés le premier effort ta colere s'abat:
D'vn delay si craintif mon ame est offencée,
Allons ioindre de prez l'effet à la pensée,
Courons à sa vengeance.

SOPHO-

SOPHONISBE.

Ah Madame arreſtez!
Et ne vous portez pas dans les extremitez,
Vous ſçauez qu' Aſdrubal

SOPHRONIE.

N'en dis pas dauantage,
C'eſt vn laſche, vn ingrat, vn parjure, vn volage,
Vn Prince qui des ſiens ne prend aucun ſoucy,
Vn eſclaue de Rome.

SOPHONISBE.

Il eſt mon pere auſſi,

SOPHRONIE.

Son cœur vient d'effacer ce ſacré caractere,
Son crime luy rauit la qualité de pere;
Il eſt voſtre ennemy.

SOPHONISBE.

Mais il eſt voſtre eſpoux.

SOPHRONIE.

A ce Nom ie me rens.

H

SCENE II.

HIANISBE', SOPHONIE, SOPHONISBE.

HIANISBE'.

Madame ſauuez-vous,
Amilcar transporté de fureur & de rage
Vient d'armer contre vous le peuple de Carthage.

SOPHRONIE.

En ſçais-tu le ſujet?

HIANISBE'.

C'eſt qu'il preſume à tort
Qu'Aſdrubal, les Romains & vous ſoyez d'accord;
Il ſe l'eſt confirmé voyant voſtre ſortie :
Et moy de ſes deſſeins pleinement aduertie
Ie me ſuis eſchapée: Ah i'entends quelque bruit,
C'eſt luy-meſme qui vient & le peuple le ſuit.
Voila ce furieux.

SOPHRONIE.

Craindrois-ie sa colere,
Ramassons le poignard.

SOPHRONIE & HIANISBE.

Va, fais venir mon pere.

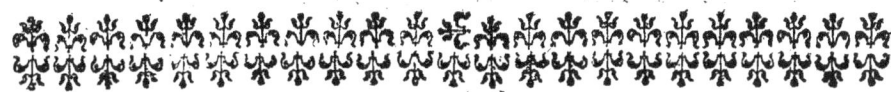

SCENE III.

AMILCAR, SOPRONIE, SOPHONISBÉ,
SOLDATS d'Amilcar.

AMILCAR, & sa suite.

ELLE est d'intelligence auec nos ennemis.

SOPHONIE au deuant de luy.

Viens donc l'assassiner comme tu l'as promis;
Puis qu'auec les Romains elle est d'intelligence,
Vous en deuez tirer vne haute vengeance :
Ie te veux seconder dans ce pieux dessein,
Et t'offre le poignard pour me percer le sein :
Frape, frape Amilcar, ma mort est legitime,
Et mon commandement authorise ton crime.

H ij

Quoy? ton bras ſe retire & ie te voy trembler,
Dans ton eſtonnement tu ne m'ôſes parler:
A ce premier abord dont ta veuë eſt frapée,
N'eſt-ce point le reſpect qui retient ton eſpée?
Tout le peuple aſſemblé prend part à ta froideur,
Vn exemple ſi laſche allentit leur ardeur.
N'eſt-ce point le remors de m'auoir outragee?
Et par vos repentirs ſerois-ie bien vengee?

AMILCAR.

Ie commence à ſentir vn remords eternel,
Et tout le peuple armé n'eſt pas moins criminel,
Ce que nous endurons n'eſt pas imaginable,
Ie connois noſtre erreur, vous n'eſtes point coupable,
Et vous iuſtifiant par ce noble courroux,
Vous faites retomber le crime deſſus nous;
Nous venions vous punir, chaſtiez noſtre offence,
C'eſt maintenant à vous d'en prendre la vengeance
Auec bien plus de droit que nous n'en auions pas;
Vous pouuez prononcer l'arreſt de mon treſpas.
Si pour l'executer vous manquez de courage,
Madame, remettez cet office à ma rage,
Et par vn chaſtiment auſſi grand que nouueau,
Soufrez qu'vn criminel deuienne ſon bourreau,
Et qu'en vous apaiſant à force de ſuplices,
Il vous aille immoler les malheureux complices.

SOPHRONIE.

Tu n'es que trop puny de ta temerité,
Et tu soufres bien plus que tu n'as merité.
Ne crains rien Amilcar, ma bonté te fait grace.
Mais dy-moy le sujet qui causa ton audace,
Et l'iniuste raison qui vous fit soupçonner
Que i'eusse le dessein de vous abandonner.

AMILCAR.

J'allois donner au Fort les ordres necessaires
A pouuoir soutenir l'assaut des aduersaires,
Quand proche de la tour on me vint auertir
Que pour voir les Romains vous en alliez sortir;
Et qu'à nostre desceu de puissance absoluë
Vous auiez auec eux vne treve concluë.
Cet auis me surprit d'vne telle façon
Qu'il fit naistre en mon ame vn estrange soupçon.
Ouy Madame, ie crus que vostre ame estonnee
A de lasches conseils s'estoit abandonnee,
Et que pour imiter vn infidele espoux
Vous alliez de ce pas vous retirer de nous.
Ce penser sur mes sens vsa de tyrannie,
Et me laissant aller à ce premier genie,
J'alarmay tout le Fort, ie remplis tout de peur,
Tous receurent d'abord le sentiment trompeur,

Et ce peuple estonné qu'ecitoient mes larmes
D'vne commune voix alla prendre les armes ;
Et d'vn consentement il iura vostre mort :
I'en commis quelques vns à la garde du Fort ;
D'autres dans le besoin m'ayant ofert main forte,
I'employai les derniers à conseruer la porte.
Afin que m'exposant dans quelque grand danger
Ces soldats preparez me vinssent desgager.
Cet ordre estant donné nous vous auons suiuie
Auecque le dessein de vous oster la vie :
Mais le peuple est rauy d'estre desabuzé.

SOPHRONIE.

Ie luy veux pardonner ce qu'il auoit ozé.
Et puis que son soupçon estoit si legitime,
Loin de le condamner ie veux loüer son crime.
Ciel que ta prouidence a d'estranges ressors,
Elle meut à son gré nos esprits & nos corps :
Nous pouuons voir icy des soins si manifestes,
Les Dieux ont diuerty deux projets si funestes,
Ils ont sauué la femme & conserué l'espoux,
Mais le voicy venir, allez retirez vous.
Scipion l'acompagne, & Caton & Lelie,
Ie vais au deuant d'eux.

SCENE IIII.

SCIPION, CATON, LELIE, ASDRVBAL,
SOPHRONIE, HIANISBE, SOPHRO-
NISBE, AMILCAR, TREBACE.

SCIPION.

ARreſtez, qu'on le lie,
Et que ſans diferer on le meine en priſon,
Sa teſte répondra de cette trahiſon.

AMILCAR abandonné des ſiens.

Falloit-il me fier à ces troupes timides ;
Dés le premier peril ils fuyent les perfides,
Ie me defendray ſeul.

TREBACE.

'Ah traiſtre il faut mourir.'
Rens l'eſpee.

AMILCAR.

'Ah plutoſt on me verra perir ;

Ce n'eſt qu'à Scipion que ma main la veut rendre,
Que ne luy permets-tu de la pouuoir deffendre ?
Mais dans cette impuiſſance où mon malheur m'a mis
Attens-ie quelque grace entre mes ennemis.
Vous eſtes de ce nombre infidelle Princeſſe.
Quoy Madame , à vos yeux vous ſoufrez qu'on
Vous nous eſclairciſſez de voſtre trahiſon: [m'opreſſe
Mais les Dieux toſt ou tard nous feront raiſon.

SCIPION.

Soldats que l'on l'enchaiſne.

SOPHRONIE.

O Dieux quelle inſolence,
Enchaiſner Amilcar, & meſme en ma preſence.

SCIPION.

C'eſt pour vos intereſts que ie le traite ainſi,
Vous ſçauez le deſſein qui l'a conduit icy :
Pouuez-vous oublier vne action ſi noire.
Prier pour vn perfide.

SOPHRONIE.

Elle tourne à ſa gloire,
Il s'eſt eterniſé par ce bel attentat,
Ie ſçais qu'vn Zele ardent de ſeruir noſtre Eſtat
Penſant

Penſant que pour ſon bien ma mort fuſt neceſſaire,
A conduit en ces lieux ce cruel temeraire.
Ie ſçay que ſa Patrie auoit armé ſa main,
Qu'il venoit m'immoler dans le compromis.
Mais loin de le blamer de trop de violence,
Cette belle action attend ſa recompenſe.
Il doit eſtre loüé, loin d'en eſtre blamé,
C'eſt pour vn beau motif que ſon bras s'eſt armé.
De ſa vertu ſon crime eſt vn grand teſmoignage,
Et cette occaſion ſignalle ſon courage.
Au lieu de le punir, tu le dois conſeruer,
La generoſité t'oblige à le ſauuer.
Mets donc en liberté ce criminel fidelle,
Ce coupable innocent, ce genereux rebelle.
Sa faute eſt glorieuſe, & ſa fidelité
Le doit rendre celebre à la poſterité.

AMILCAR.

O generoſité qui n'a point de ſemblable!

SCIPION.

Quoy traiter de la ſorte vn ſuiet ſi coupable,
Traiter vn criminel auec tant de bonté?
Ie m'oppoſe Madame, à voſtre vlonté,
Non non ie veux qu'il meure.

I

SOPHRONIE.

Et moy je veux qu'il viue?
Ou bien s'il doit perir il faut que ie le suiue :
Mais depend il de toy d'ordonner de son sort:
Il n'apartient qu'à moy de resoudre sa mort.
Son forfait seulement regarde ma personne:
Il n'est plus criminel puis que ie luy pardonne!
Et les Carthaginois de cette qualité
Sont d'vn rang où le tien n'a point dautorité.

SCIPION.

Quelle est donc la valeur & le rang de cet homme.

SOPHRONIE.

Il est nostre Admiral & la terreur de Rome,
Ce fut luy le premier sur l'empire des eaux
Qui fit couler à fonds tes superbes vaisseaux:
Qui le fer à la main, & la flamme dans l'autre
Fit perir ton armée & conserua la nostre.

SCIPION.

Cette haute valeur ne m'empeschera pas
D'ordonner à ce traistre vn infame trespas.

SOPHRONIE.

Mais la treve seigneur que tu mas accordee,
Si tost que par les miens ie te l'ay demandee,
Exente pour vn temps tous les Carthaginois
De la seuerité de tes iniustes lois.
Ils doiuent dans ton camp marcher en asseurance,
Nostre accord leur en donne vne entiere licence.
Pour trois heures de temps tu sçais qu'il est permis
A l'vn & l'autre cãp, cõme à nous, de voir ses ennemis:
Chacun des deux partis visite son contraire,
L'ennemy dans Carthage est receu comme vn frere,
Tes soldats sont chez elle en pleine liberté,
Et les siens en ces lieux n'ont point de seureté.
Au mespris de ta foy tu veux destruire vn homme,
Qui veut mourir pour elle où triompher de Rome,
S'il faut que pour ce crime on face vn chastiment,
Il faut que l'on m'ordonne vn pareil traitement.
Tous deux pour le pais nous voulions faire vn crime,
Et chacun de nous deux choisissoit sa victime:
Nous estions agités d'vn diferent couroux,
Il entreprit ma mort moy celle d'vn espoux.
Et sans que la raison reprit place en mon ame,
Vn mary seroit mort par la main de sa femme;
Ie le sacrifiois aux dieux de mon pais;
I'allois punir l'ingrat qui nous auoit trais.

Ie l'aime toutefois & le respecte encore,
Tout criminel qu'il est, il faut que ie l'adore.
Et quoy qu'à vostre esgard il me soit odieux:
L'amy de Scipion plaist encore à mes yeux.

ASDRVBAL.

Quoy donc ma Sophronie, est-ce ainsi qu'on me traite?
Sont-ce là les effets d'vne amitié parfaite?
As-tu la cruauté de terminer mes iours,
Quand pour te conseruer ie viens à ton secours?
Au moment que ma fille a pû me faire entendre
Qu'Amilcar sur ta vie osoit bien entreprendre,
I'ay conduit Scipion suiuy de ces Romains,
Et suis venu t'oster de ces barbares mains.
En fin pour te sauuer i'ay tenté l'impossible,
Et pour tant de bien-faits ton ame est insensible:
Ne puis-ie par mes soins adoucir ta rigueur,
Contente ton desir, arrache moy le cœur.
Viens me priuer du jour, tu m'osteras de peine:
Et si ma passion a merité ta haine,
Si l'amour dans mon cœur imprima ton pourtrait,
Venge toy de l'amour, destruis ce qu'il a fait;
Suis ces grands mouuements que t'inspirent ta rage,
Et de ta propre main efface ton image:

SOPHRONIE.

Il faudroit pour t'aimer aimer la trahison,
Cherir les destructeurs de toute sa maison.
Quoy? ie te cherirois, & t'aimerois vn homme
Qui ioint ses interests aux interests de Rome,
Qui contre sa patrie ose leuer la main,
Qui né Carthaginois est deuenu Romain,
Qui s'est rendu la honte & le mespris des Princes,
Qui meine les Romains dans toutes ses Prouinces,
Et qui va par vn sort lamentable & nouueau,
Mettre parens, suiets, pesle-mesle au tombeau ?
Va, ne l'espere pas, tu t'es acquis ma haine,
Mon amour est bien moins que l'amitié Romaine,
Et ce nouuel amour qui t'oste la pitié
Te pourra consoler de mon inimitié.
Ingrat, ie laisse aux Dieux le soin de ma vengeance,
Et du grand Scipion i'implore la clemence,
Rends-moy donc Amilcar, tu le dois.

SCIPION.

Ie ne puis.

AMILCAR.

Madame, laissez-moy dans l'estat où ie suis,
Ie mourray sans regret.

SOPHRONIE.

O Dieux quelle iniuſtice!

ASDRVBAL.

Seigneur en ma faueur empeſche ſon ſupplice,
Ma femme le demande auecque des ſoûpirs,
Que ie puiſſe vne fois complaire à ſes deſirs,
Accorde moy ſa grace.

SCIPION.

Hé bien ie te l'octroye,
Mon cœur prend trop de part à l'excez de ta ioye,
Pour proferer ſa peine à ton contentement,
Et pour te teſmoigner que i'ayme vniquement,
Et cheris les Vertus qui regnent dans ton ame,
I'offre encore dans Rome vn aZile à Madame.
Oüy, Rome vous fera l'honneur qui vous eſt deu,
Elle vous rendra plus que vous n'auez perdu,
Ses biens-faits enuers vous repareront l'outrage
Que vous auez ſouffert aux guerres de Carthage:
Et vous & vos enfans, vos amis, voſtre Eſpoux,
A l'abry du Senat aureZ vn ſort plus doux.

SOPHRONIE.

Cét offre auantageux ne me sçauroit surprendre
Ie sçay ce que de Rome vn vaincu doit attendre,
Tant d'illustres Captifs apres des Chars traisnez,
Et comme des forcats couple à couple enchaisnez,
Honteusement conduits aux fonds de vos galleres
Où tous chargez de fers accablez de miseres,
Ils attendent la mort de moment en moment,
Me font preuoir de Rome vn pareil traitement.
I'estime toutefois ton offre genereuse,
Ie croy qu'auec regret tu me vois mal-heureuse,
Que ta haute vertu me voudroit secourir ;
Mais apprens qu'aujourd'huy ie veux vaincre ou mou-
Adieu donc Scipion, nostre paix qui s'acheue [rir.
R ont de tous nos soldats le repos & la treue.
Et ces fameux gueriers de carnage affamez,
Pour respandre du sang sont dé-ja tous armez.
Va donc les mettre en ordre, apres comme vn tonnerre
Fais fondre dessus nous l'orage de la guerre,
Pendant que ton exemple animera les tiens
Ie vais dans nostre fort pour soustenir les miens.

ASDRVBAL.

Adieu ma Sophronie,

SOPHRONIE.

Adieu Prince Barbare,
Tu te reſſentiras des maux qu'on nous prepare;
Et tu ne veras point les Romains triomphans,
Sans voir dans le Tombeau ta femme & tes enfans.
Mes filles ſuiueʒ moy.

SCENE DERNIERE.

ASDRVBAL, SCIPION, CATON, LELIE, TREBACE.

ASDRVBAL.

Qvelle eſtrange menace!
Tout mon ſang de frayeur dans mes veines ſe glace.
Quoy, ie ne verray point les Romains triomphans,
Sans voir dans le tombeau ma femme & mes enfans?
Ie veux pour empeſcher vn deſſein ſi tragique,
Faire auiourd'huy perir le reſte de l'Affrique,
Et ie verray bien-toſt les Romains triomphans,
Sans voir, dans le tombeau ma femme & mes enfans;

Afin

Afin de leur oster les moyens de se nuire,
Scipion donne moy des soldats à conduire,
Par vn chemin caché ie veux monter là haut ;
Mais tandis, fais semblant d'y donner vn assaut,
Et pour les amuser, aupres de leur muraille
Fais marcher ton armée en ordre de bataille,
Et dans vne heure au plus par vn subtil effort,
Sans perdre aucun des tiens ie te liure le fort.

SCIPION.

Ie veux ce que tu veux. Vous Caton & Lelie,
Afin d'executer sa genereuse enuie,
Prenez chacun cinq cens de vos meilleurs soldats ;
Et tous dans vn bon ordre accompagnez ses pas.
A ces commandemens que chacun obeysse,
Que tout ce qu'il voudra sur l'heure s'accomplisse:
Car ayant reconnu sa generosité,
Nous ne sçaurions douter de sa fidelité,
Tandis que d'vn costé vous employerez vos armes,
Par deux autres i'iray leur donner deux alarmes.
C'est l'ordre que tu veux , & pour te contenter
Ie m'en vais de ce pas le faire executer.

Fin de l'Acte quatriesme.

K

ACTE V.

SCENE PREMIERE.

SCIPION, LELIE.

SCIPION.

N fin le Fort est pris.

LELIE.

Nous auons la victoire,
Et le seul Asdrubal en merite la gloire.

SCIPION.

Cher Lelie, aprends-moy comme tout s'est passé.

LELIE.

Quand le grand Asdrubal vid ton camp deplacé,

Qu'à la teste des tiens en ordre de bataille
Tu forcerois l'ennemy de garder sa muraille,
Il prescriuit aux siens incontinent apres
Qu'en bon ordre & sans bruit on le suiuist de pres.
A ce commandement nostre troupe s'auance,
Nous marchons sous la terre où l'ombre & le silence
Sembloit fauoriser le dessein d'Asdrubal,
Nous suiuismes long-temps vn sentier inégal.
En fin nous arriuons pres d'vne basse porte
Où ie fis auancer la premiere cohorte,
La porte est enfoncée, vn violent effort
Nous ouure le chemin pour entrer dans ce Fort ;
Puis en ordre rangez nous donnons dans la place,
L'ennemy nous découure, il s'écrie, il menace,
Et pour nous repousser il quitte ses rampars.
L'allarme cependant s'acroist de toutes parts,
Et dehors & dedans tout paroist sous les armes,
Il semble que pour tous le combat ait des charmes ;
Asdrubal le premier les armes à la main
S'opose aux grands efforts de ce peuple Africain,
Et ce fameux guerier soustenu par les nostres
Répand le sang des vns met en fuite les autres ;
Sa valeur fait voler la mort de rang en rang,
Il se fait sous ces pas vne trace de sang,
A force de tuer il s'anime au carnage,
De tous costez il s'ouure vn horrible passage.

K ÿ

Ce peuple estoit reduit à ses derniers abois,
Quand sa femme arriuant s'écrie à haute vois,
Ce n'est pas en cedant qu'on s'acquiert de la gloire,
A moy mes compagnons, nous aurons la victoire,
Suiuez moy seulement, ie la mets dans vos mains,
Et ie luy fais quiter le party des Romains.
A ces mots on la suit. Elle comme vn tonnerre,
Vient fondre dans nos rangs, couure de morts la terre,
Et les siens secondant la force de ses coups
Luy donnent le moyen de joindre son espoux.
Asdrubal la voyant tesmoigne de la crainte,
Et pour la deceuoir il vse d'vne feinte,
Se recule en parant & se laisse fraper,
Afin que les Romains peussent l'enueloper.
Elle qui reconnoist ce subtil stratagesme,
Au lieu de s'auancer, se recule de mesme,
Tout le peuple effrayé manque soudain de cœur,
Et tous les armes bas adorent le vainqueur.
Sophronie ayant veu cette entiere deffaite,
Fait semblant d'y courir & songe à sa retraite;
Elle gaigna la Tour d'vn pas precipité,
Asdrubal tesmoigna la mesme agilité.
Il crie à nos soldats, Respectez sa personne,
C'est moy qui vous en prie, & Scipion l'ordonne.
Tous se sont efforcez de la pouuoir sauuer.
Moy voyant le combat si pres de s'acheuer,

Tragedie.

Et que cette meflée eftoit bien toft finie,
Ie penfay qu'Afdrubal auroit fa Sophronie.
Ie le viens de quiter fur vn fi iufte efpoir,
Il efpere bien toft la mettre en fon deuoir,
Puis que l'ayant foumife au pouuoir des Romains,
Il pouuoit empefcher fes tragiques deffeins.
Et pour te tefmoigner la grandeur de mon zelle,
I'ay voulu le premier t'en dire la nouuelle.

SCIPION.

O dieux! que ce raport contente mes efpris!
Afdrubal a vaincu, Sophronie eft fon pris.
Sa femme & fes enfans feront fa recompenfe,
Leur conferuation eft duë à fa vaillance.
Il m'a tenu parole, & ie veux auiourd'huy
De ce que i'ay promis m'acquiter enuers luy.
Ie le veux & le puis, au moins s'il eft croyable,
Qu'Afdrubal ait vaincu cette femme indomtable.
Mais tu ne m'as rien dit touchant fes deux enfans,
Ne me defguife rien, font-ils encore viuans?
La mort pour m'empefcher de tenir mes promeffes,
M'auroit-elle rauy, ces deux grandes Princeffes?
Et de tant de bien-faits, & de tant d'amitié,
N'en pourray-je aujourd'huy payer que la moitié?

LELIE.

Seigneur, ces deux beautez font encore animées,
Auecques Sophronie elles font enfermées :
Car durant le combat fur le haut de la tour
I'y vis & reconnus ces merueilles d'amour,
Et bien toft toute trois feront en ta puiffance :
Mais i'aperçois Caton.

SCENE II.

SCIPION, CATON, LELIE.

SCIPION.

AH ce trifte filence
Eft d'vn nouueau mal-heur le prefage euident,
Parle, parle Caton, quel eft cet accident
Qui marque fur ton front vn excez de trifteffe,
Ne me le celle point.

CATON.

Ah Seigneur, la Princeffe.

SCIPION.

Qu'eſt-elle deuenuë, acheue promptement,
Retire mon eſprit de ſon eſtonnement :
Elle eſt morte en fin.

CATON.

     Cette illuſtre guerriere
Ayant veu ſes ſoldats giſans ſur la pouſſiere
Se ſauue dans la tour, & malgré nos efforts
Elle enferme la porte & nous laiſſe dehoes.
Quelques momens apres elle ouure vne feneſtre,
A trauers des bareaux elle s'y fait paraiſtre ;
Vn effroyable obiet ſe preſente à nos yeux,
Le ſang de mille morts auoit rougy ces lieux ;
D'autres corps eſtendus au milieu de la place,
Sembloient meſme en mourant reprendre leur audace,
Et par de longs regrets qu'ils iettoient deſſus nous,
Ils monſtroient dans leurs yeux vn reſte de couroux.
A quelque pas de là l'on vit vn autre image,
Deux ou trois cens ſoldats s'entredonnoient courage,
Ceux qui s'eſtoient rauis aux armes des Romains,
S'animoient à mourir auec leurs propres mains ;
Pas vn ne ſurueſquit d'vn combat ſi funeſte,
Et celuy que la mort auoit laiſſé de reſte,

Ne treuuant point de main qui la luy peust offrir,
Du secours de la sienne il la voulut soufrir.
Quelque peu d'habitans suiuirent son exemple,
Sophronie à l'instant les loüe & les contemple,
Preste à les imiter elle benit leur sort,
Et son cœur leur enuie vne si belle mort,
D'vn pas qui tesmoignoit quelle estoit son enuie,
Pleine de ce mespris qu'elle auoit pour la vie.
Elle approche vn bucher qu'elle fit allumer,
Elle appelle Amilcar qui la vient defarmer,
Puis d'vne façon graue & la voix asseurée,
En attendant la mort qu'elle s'est preparé,
Dit, parlant aux Romains, ô vous braues guerriers !
Qui de tous nos combats remportez les Lauriers?
Bien que par les efforts d'vne si longue guerre,
Enfin vous vous rendiez les maistres de ma terre,
Et que dessous vos loix mon Estat soit soumis,
Ie ne vous compte point parmy mes ennemis.
C'est le destin de Rome, & c'est vostre conqueste,
Il deuoit à son tour ressentir la tempeste,
Et Rome auoit ce droit d'amener contre nous,
Ce que nostre Carthage auoit porté chez vous.
Mais beaucoup plus heureux vous causez nostre perte,
Non par la trahison; mais par la force ouuerte.
Mais le Prince Asdrubal, l'infidelle qu'il est,
A bien dû contre vous prendre mon interest.

Asdrubal

Asdrubal paroiffant luy demande audiance.
Elle fans tefmoigner aucune violence,
L'interompt & luy dit, Voicy le iour heureux,
Qui doit borner le cours d'vn fort fi rigoureux.
Rien ne peut m'empefcher de finir ma mifere,
Et de t'ofter les noms & d'efpoux & de pere.
Cét horrible bucher que tu vois allumé
Me va punir ingrat, de t'auoir trop aymé.
Mon cœur fera bientoft confommé par la flâme,
Et fi cette chaleur alloit iufques à l'ame,
Ie voudrois la forcer d'acróiftre fes effors,
Et d'agir fur l'efprit comme deffus les corps,
I'en fentirois l'effet iufques dans mes penfées
Et nos affections s'y verroient effacées.
Adieu cruel, ie m'en vais accomplir mon deffein,
Auffitoft on la void le poignard à la main
Courir à ce bucher.

SCIPION.

O Dieux que i'aprehende!

CATON.

Proche de ce fpectacle on l'entend qui commande
D'amener fes enfans aupres de ce bucher.
Par fon ordre auffitoft ie les vis approcher.

L

Mes filles, leur dit-elle, il faut perdre la vie,
Que de vos propres mains elle vous ſoit rauie.
Ie vous vais preceder, il faut ſuiure mes pas :
Preferons à la honte vn glorieux treſpas.
Mourons mourons enſemble, & bien mourõs Madame,
Reſpondent l'vne & l'autre, abregeons noſtre trame,
Et pour combler d'honneur la fin de noſtre ſort,
Que de vos propres mains nous receuions la mort.
Sophronie à ces mots, ſe fondoit toute en larmes;
Mais comme elle attendit le grand bruit des gendar-
      mes,
Qu'on taſchoit d'enfonſer la porte de la tour,
Elle priue à l'inſtant ces Princeſſes du iour.

SCIPION.

O cruauté du ſort horrible & pitoyable !
Ce tragique accident peut-il eſtre croyable ?
Helas ! pour mon malheur il n'eſt que trop certain;
Mais pourſuy ?

CATON.

                Sophronie acheue ſon deſſein,
A peine de leur corps elle eut chaſſé leurs ames,
Qu'elle les fit ietter dans le milieu des flâmes,
Et de ſa propre main rouge d'vn ſi beau ſang.
De celuy qui luy reſte elle épuiſe ſon flanc.

Puis d'une voix mourante à l'instant elle appelle
Le vaillant Amilcar son seruiteur fidelle,
Et luy dit, Il est temps d'accomplir mes desseins,
Ne laisse de nos corps que la cendre aux Romains.
Iette moy dans ces feux. A ces mots elle expire,
Amilcar suit son ordre, il sanglotte, il soûpire ;
Il condamne ses mains d'vn si tragique exploy,
Et ce desesperé s'en veut venger sur soy :
Il cherche son trespas. Enfin il le rencontre,
Si tost qu'il le demande, aussi tost il se monstre,
Et loin de reculer, il s'auance à grand pas,
Il s'oppose long-temps à nos meilleurs soldats.
Mais dé-ja dans la tour s'estant fait vn passage,
Le nombre de nos gens accablent son courage,
Et iugeant par ses coups qu'il ne pourroit long-temps
Resister aux efforts de tant de combatans.
Enfin, presque mourant, il s'enfuit & nous laisse,
Auec ce seul dessein de suiure sa Princesse.
C'est, dit-il, dans ces feux qu'il faut finir mon sort,
Puis s'y precipitant il y cherche sa mort.

SCIPION.

O Dieux ! ô iustes Dieux !
CATON.
Ses effroyables flâmes ;
Qui sembloient iusqu'au Ciel accompagner leurs ames.

L ij

Deffendoient aux Romains d'aprocher de leurs corps,
Et ce braisier croissant les repousse dehors:
En vain ils s'efforçoient à rompre ces barrieres,
Ce grand feu grossissoit à force de matieres,
Et cherchant les moyens de poursuiure son cours,
La flâme s'atachoit sur son propre secours.
La tour dans vn moment fut presque consommée,
L'on n'y voit qu'vn amas de cendre & de fumée.
Asdrubal ayant veu ce feu prodigieux,
Consommer sa famille en ces funestes lieux,
Le regret le saisit, l'agite, le transporte,
Le liure au desespoir, le desespoir l'emporte,
Et ce fatal demon qui s'empare des sens,
Fit aller ses transports iusqu'aux plus innocens.
La cruauté des Dieux essuya son blaspheme,
Ce premier mouuement se fit voir sur luy mesme,
Et de là s'exerçant sur Rome & sur le fort,
Nous alloit tous venger par vne prompte mort.
Ie preuy le dessein & i'arrestay l'espée
Qu'Asdrubal en son sang auoit luy-mesme trempée.

SCIPION.

O destin rigoureux! ô Prince infortuné!

CATON.

I'ay commandé Seigneur, qu'il te fust amené.

SCIPION.

Ciel! dû tu par leur mort amoindrir ma victoire,
Et m'arracher par là la moitié de ma gloire.
Inutile trophée, ô triomphe imparfâit,
La cause de la guerre attendoit cét effet.
J'armay contre ma foy, ie surmonte en pariure.

CATON.

Regarde Scipion à qui tu fais iniure,
Rome t'en donna l'ordre.

SCIPION.

Ah! que m'allegue tu?
Faut-il pour luy complaire offencer sa vertu?
A prendre vn mauuais droit, est il quelque iustice?
Suis-je moins criminel pour auoir vn complice?
Rome & ses Generaux different en ce point,
Qu'elle a tousiours ses droits, & qu'il n'en treuue point,
Quand Rome par nos mains a conquis quelque terre,
Nostre Senat l'absout par les loix de la guerre.
Elle en sçait retirer & la gloire & le fruict,
Et fait tomber sur nous le blâme qui la suit.
Pariure Scipion, comment peux-tu parestre?
Peux-tu voir Asdrubal auec vn œil de traistre?

Et pour le confoler d'vn fi tragique fort,
Renuoyer au deftin la caufe de leur mort..

CATON.

Tu le peux Scipion, tu n'en es point la caufe..

SCIPION.

Quel eft l'expedient que Caton me propofe,
Si ie ne l'ay caufé, i'en fuis vn inftrument,
Et i'ay contribué dans cet euenement.
Le deftin a remis le mal-heur à mon âge,
Au temps que Scipion emporteroit Carthage,
Et le fort qui de tout fe fait connoiftre Auteur,
M'a voulu deftiner pour fon executeur.
Mais, ô Dieux ? quel obiet !

SCENE DERNIERE.

SCIPION, CATON, LELIE, ASDRVBAL, TREBACE mourant.

CATON.

A H ! sa mort me regarde,
Et l'on m'en respondra puis qu'on l'auoit en garde?

TREBACE soustenant Asdrubal.

Sa colere Seigneur, s'est forcée vn moment,
Et feignant d'appaiser ce grand ressentiment,
Laisse seul ma til, vn Prince miserable
N'adiouste point de maux au mal-heur qui m'accable.
Et quoy que dans ce iour mon ame ait tout perdu,
Par vn bienfait si grand tout me sera rendu,
De peur de l'irriter à ces maux ie le laisse.
Asdrubal aussi-tost d'vne funeste adresse,
Tire vn fatal poignard qu'il cachoit dans son sein,
Et son bras malgré nous acheue son dessein.

ASDRVBAL.

Oüy cruel, malgré vous & malgré voſtre enuie,
Malgré voſtre pitié ie veux perdre la vie.
Tous les ſoins de Caton ny ſes commandemens,
Ne m'ont point empeſché de finir mes tourmens.
Ce ſang que les Romains n'ont pû verſer en guerre,
Ma main au milieu d'eux en a rougy la terre :
Et malgré leurs efforts & la rage du ſort
Vn poignard m'a liuré dans les bras de la mort.
Regarde Scipion, voilà la recompenſe,
D'auoir rangé l'Afrique à ton obeyſſance ;
Pour te garder ma foy i'ay perdu mes amis,
Et tu n'as pas tenu ce que tu m'as promis.
Ie te viens reprocher le plus grand de tes crimes,
Ietter dedans ton cœur des remors legitimes,
Et mettre en ton eſprit cet eternel effroy,
Que le crime en tous lieux donne aux ames ſans foy.
Viens donc voir ce qu'ont fait & mes mains & tes
    armes,
Ces ſenſibles obiets t'arracheront des larmes.
Mais d'vn cœur ſi barbare attendre des douleurs,
Et d'vn œil ſi cruel ſe promettre des pleurs,
C'eſt chercher la pitié dans vne ame Romaine ;
C'eſt chercher de l'amour où ſe treuue la haine.

                                    Que

Que pouuois-je esperer d'vn si cruel party?
Que n'ay je fuy les maux que i'auois pressenty ?
Tu permis Scipion, les lâchetez d'vn Prince,
D'auoir traby pour toy sa femme & sa prouince :
Tu m'ostes mes enfans, ils ne m'estoient point dûs,
La main qui te seruit les a mal deffendus.
O Dieux! qui contre Rome auez seruy Carthage,
Sur qui des Dieux plus forts ont rauy l'auantage.
Si iamais le destin doit respondre à mes veux,
A sa destruction esleue nos nepueux :
Si par son propre effort Rome se doit nuire,
Et si les nations ne la pouuoient destruire,
Enuoyez la discorde au milieu des Romains ;
Faites les deschirer auec leurs propres mains.
Couurir leurs vastes champs de mille funerailles,
D'vne main parricide arracher leurs entrailles;
Destruire leurs Citez & briser à leurs yeux
Leurs murs & leurs Palais, leurs Autels & leurs
      Dieux.
Enfin, par la fureur d'vne guerre ciuille,
Exposez aux Romains leur capitale ville,
Et que de tant d'Estats pleinement assouuis,
Ils nous rendent les biens qu'ils nous auront rauis.
Mais ie pers la parole, vne extreme foiblesse
Me va faire dans peu réjoindre ma Princesse;
                                        M.

Mon ame pour la ſuiure eſt preſte de partir,
O bel Ombre! connois quel eſt mon repentir:
Auparauant ma mort accorde moy ma grace,
Vne froide ſueur couure mon corps de glace.
Ie te ſuy; mais aprens par ma derniere vois,
Qu'ayant veſcu Romain ie meurs Carthaginois.

SCIPION.

S'en eſt fait, il eſt mort, ô deſeſpoir! ô rage!
Ie n'ay pû conſeruer vne homme de Carthage?
Le ſort pour me contraindre à fauſſer mon ſerment,
De l'Empire Afriquain n'a fait qu'vn monument.
Ah pariure! Ah meſchant!

CATON.

                              Quite cette tendreſſe.
Pleurer ſes ennemis, c'eſt marque de foibleſſe.
Regarde d'vn œil ſec l'excez de leurs malheurs,
De peur que le Senat ne condamne tes pleurs.

SCIPION.

Hé bien pour obeyr, dans ma douleur extreſme,
Ie veux tarir mes pleurs, me ſurmonter moy-meſme.

Afin que le Senat aprenne par ta voix,
A quel point j'honore & reuere ses lois.
Mais auant que quiter le riuage d'Afrique,
Ie veux que l'on prepare vn tombeau magnifique:
Où le sort d'Asdrubal estant representé,
Y conserue sa gloire à la posterité.
Apres tous nos deuoirs rendus à ce grand homme,
Nous irons triompher de nos trauaux dans Rome.

F I N.

Extrait du Priuilege du Roy.

PAr grace & Priuilege du Roy, donné à Paris le 11. iour de Mars 1647. Signé le Brun, il eſt permis à Anthoine de Sommauille, Marchand Libraire à Paris, d'imprimer vne piece de Theatre, intitulée *La Mort d'Aſdrubal*, *Tragedie du ſieur de Mont-Fleury*, & ce durant l'eſpace de cinq ans, auec deffence à toutes ſortes de perſonnes, de quelque qualité qu'ils ſoient, de l'imprimer ou faire imprimer, ſur les peines portees par ledit Priuilege.

Ledit de Sommauille a aſſocié auec luy Touſſainct Quinet, auſſi Marchand Libraire à Paris, ſuiuant l'accord fait entr'eux.

Acheué d'imprimer pour la premiere fois le 4. Avril 1647.

Les Exemplaires ont eſté fournis.

www.ingramcontent.com/pod-product-compliance
Lightning Source LLC
Chambersburg PA
CBHW071123260626
47162CB00006B/2435